Album Populaire.

POÉSIES DIVERSES

PAR

ALEXANDRE GUÉRIN

(de Troyes.)

EXTRAIT

De ses différentes publications et de son Répertoire inédit.

DEUXIÈME VOLUME.

Prix : 1 franc.

A PARIS,

CHEZ L'AUTEUR, PLACE DAUPHINE, 13.

SEPTEMBRE 1851.

Album Populaire.

—

POÉSIES DIVERSES.

PARIS. — Imp. LACOUR et Cie., rue Soufflot, 16.

Album Populaire.

POÉSIES DIVERSES

PAR

ALEXANDRE GUÉRIN.

DEUXIÈME VOLUME.

PARIS,

IMPRIMERIE LACOUR ET COMP.,
Rue Soufflot, 16.

SEPTEMBRE 1851.

CAUSERIE-PRÉFACE.

—

Chose promise, chose due :
Pourtant à l'impossible nul n'est tenu.

J'avais promis à mes lecteurs une revue générale et analysée des sociétés chantantes de Paris et de la Banlieue, mais l'état de nullité où elles se trouvent depuis longtemps par suite des circonstances politiques, me met dans l'impossibilité d'accomplir mon projet.

Je devais aussi glisser dans ce recueil différentes pièces que, pour le même motif, je suis obligé de laisser en réserve jusqu'à ce qu'un vent plus favorable souffle dans le domaine de la publicité.

Que mes lecteurs soient donc sans rancune : je suis le premier déshérité dans cette circonstance.

Espérons que mon troisième volume sera plus heureux sous ce rapport.

Gardant un silence absolu sur les choses promises, en revanche, permettez-moi de vous entretenir d'une entreprise qui ne sera point sans attrait pour vous.

Ferdinand Taluet, élève de David d'Angers, jeune sculpteur plein d'avenir, dont l'heureuse verve nous a donné, entre autres souvenirs, le buste de Pierre Lachambeaudie, consacre depuis longtemps toutes ses veilles à la mémoire d'Hégésippe Moreau.

On a dit bien souvent, en parlant de ce poète, que si chaque larme tombée sur son livre valait une seule obole, la France serait assez riche pour lui élever un monument dont le faîte raserait la nue....

Hélas !... nous avons en France beaucoup de mo numents qui suintent encore du sang des nations; mais élève-t-on des autels à l'apôtre de la paix et de la fraternité, modeste soldat de la pensée, qui, tout en berçant les souffrances humaines, n'a su faire couler que des pleurs ?...

Grâce cependant à notre jeune sculpteur, nous possédons maintenant Hégésippe Moreau, rendu pour ainsi dire à la vie.

Je ne m'étendrai pas davantage sur ce sujet, dont la presse en général vous entretiendra certainement sous peu; mais pour vous, pour moi, pour la sympathie toute personnelle que m'inspire un artiste faisant preuve de goût et de courage, je tenais à consigner ce fait en tête de mon modeste volume.

La poésie, celle du peuple surtout, doit beaucoup

à Ferdinand Taluet, dont le ciseau ménage plus d'une surprise à l'ombre inquiète des gloires descendues au cercueil. Espérons que son beau zèle sera à l'abri de toute ingratitude.

Voilà une petite préface qui semble bien détachée de mon livre : je suis sûr, du reste, que personne ne m'en voudra d'avoir erré dans ce sens.

Au revoir, et tout à vous,

Alexandre Guérin.

AU COIN DU FEU.

—

Air : *Hé lon lon la, gens du village, sous mon vieux chêne il faut danser.*

Au coin du feu, quand, côte à côte,
Nous fumons sans même y songer,
Vous que l'amitié fit mon hôte,
Pourquoi toujours m'interroger ?   (*bis.*)
Vrai, bien vrai, votre enfantillage
Ne doit-il finir que demain ?...
Monsieur, quand mon esprit voyage,   }(*bis.*)
  Pourquoi lui barrer le chemin ?

J'allais saisir une pensée
A qui j'ai longtemps fait la cour,
Quand votre langue trop pressée,
Dans mon élan, m'arrête court.
Modérez votre babillage,
  Pourquoi faire ainsi le gamin ?...

1.

Monsieur, quand mon esprit voyage,
Pourquoi lui barrer le chemin ?

J'entends la bise déchaînée
Qui fredonne son froid couplet...
... La voici dans ma cheminée !...
Mais, taisez-vous donc, s'il vous plaît !...
Savez-vous bien que son ramage
Peut m'inspirer plus d'un refrain ?...
Monsieur, quand mon esprit voyage,
Pourquoi lui barrer le chemin ?

Je suis un papillon qui vole :
Pourquoi chercher à me saisir ?
Si vous reveniez de l'école,
Je vous passerais ce plaisir...
Puis, pour m'attraper au passage,
Il ne suffit pas de la main !...
Monsieur, quand mon esprit voyage,
Pourquoi lui barrer le chemin ?

Si vous saviez combien de choses
Je caresse dans mon essor,
Vous ne faneriez pas les roses
Sur lesquelles mon cœur s'endort.
Je suis l'esclave d'un mirage ;
Respectez-le : soyez humain !...
Monsieur, quand mon esprit voyage,
Ne lui barrez plus le chemin !

LES COURONNES VOLÉES.

APOLOGUE.

—

Sans nul respect pour la sainte poussière,
Et sans égard pour le rêveur distrait,
  Un enfant folâtrait
Parmi les longs détours d'un vaste cimetière.
Mais, à l'âge où l'on fait l'école buissonnière,
S'avise-t-on jamais d'analyser les pleurs ?...
Aussi, notre bambin, d'humeur douce et légère,
Dans le champ du repos ne voyait que des fleurs.
  — « Il faut, dit-il, qu'en ces lieux je moissonne
  « De quoi me faire une large couronne !... » —
Et voilà qu'à deux mains il cueille sans pitié.
Adieu, myosotis, chèvrefeuille et pervenches,
Bouquets de souvenir et parfums d'amitié !
Adieu, la giroflée ! adieu, les roses blanches !
  Humbles et pauvres fleurs d'amour,
  Vous allez tomber tour-à-tour.

Et, charmé de son entreprise,

En dépit de plus d'un tombeau,

L'enfant, léger comme la brise,

S'enfuit avec son doux fardeau.

... Mais quelqu'un a suivi sa trace

Comme on suit celle d'un vaurien,

Et tout-à-coup, le voici face à face

Avec un vieux gardien.

« — Petit voleur !... dit celui-ci colère »

Et regardant d'un mauvais œil,

« Nul n'a le moindre droit sur les fleurs d'un cercueil ! » —

..... — « Vous êtes bien sévère,

— Reprend une voix sourde et pleine de mystère. —

« L'enfant est dans son tort, oh ! j'en conviens ici,

« Mais convenez aussi

« Qu'il est dans ce bas monde où chacun les encense,

« Des êtres cousus d'or, de gloire et de puissance,

« Et qui, tout comme lui, — je le dis sans remords, —

« Ne doivent cependant leurs couronnes qu'aux morts. »

LA PIPE ET LE CIGARRE.

APOLOGUE.

—

Une pipe flânait à côté d'un cigarre :
L'un et l'autre vraiment étaient de beauté rare.
La pipe, sans orgueil, brillait dans ses atours :
Elle avait bonnet blanc et jupe de velours ;
De plus, pour rehausser l'éclat de sa toilette
Un frais collier d'émail formait sa collerette.
Le cigarre étalait un air si bien portant,
Qu'on eût cru le fumer rien qu'en le regardant.
Voilà deux fiancés, ils sont faits l'un pour l'autre :
    Hé bien, non ! Ecoutez plutôt :
Le cigarre se lève, et d'un air bon apôtre,
    A la pipe, il dit aussitôt :
« De quel droit, s'il vous plaît, petite mal apprise,
    « Vous placer ainsi près de moi ?
« Le peuple malôtru presque seul vous courtise,
    « Vous oubliez que je suis roi

« Parmi les gens de bon aloi !...

« Va-t'en ! sinon je vais corriger ta sottise ! »

A peine achevait-il ces mots

Qu'un gentleman fort à propos

Le prend, l'allume,

Et le consume,

Sans autre forme de procès.

La pipe, d'un air turc, réplique en bon français :

« Ah ! monsieur le cigarre...

« Mais votre esprit s'égare,

« Et vous n'avez pas fait long feu,

« Raillez, raillez, ah ! ventrebleu !

« Quoique vieille déjà, c'est moi qui vous enterre.

« J'en pourrais dire long sans m'écarter du jeu...

« Mais, vous voilà flambé !... je consens à me taire. »

Dans cet humble récit reproduit sans façon

Dussé-je me tromper, je puise une leçon :

Le cigarre est royal, la pipe est plébéienne,

Or, mon petit calcul a trouvé qu'en moyenne

Les rois et leurs valets s'éteignent tous les jours,

Et que le peuple, lui, fume... et grandit toujours.

LA LAMPE D'HÉGÉSIPPE.

A la mémoire d'Hégésippe Moreau,

—

AIR : *Amis, chez nous la gaîté renaîtra* (piano).

Ton âme est un livre brûlant
    Que, feuille à feuille,
    Ta jeune muse effeuille
Pour l'abandonner en tremblant,
Au vent, messager nonchalant
    Qui perd volontiers ce qu'il cueille.
Pourquoi veiller quand la nuit descendra ?
Avant le jour ta lampe s'éteindra....

Cette lampe dont la clarté
    Guide ta plume,
    Qu'un saint espoir allume,

Réchauffe ton obscurité
D'un reflet de célébrité...
Enfant, vois sa mèche qui fume :
La vérité bientôt la soufflera !...
Avant le jour, ta lampe s'éteindra.

Un mot a fait battre ton cœur,
    Ta voix l'épelle
   Quand ton délire appelle
La gloire au front mâle et vainqueur,
Mais au souris fier et moqueur...
Ah ! c'est une amante cruelle !...
A ton amour son poison répondra !...
Avant le jour ta lampe s'éteindra.

L'orage a balayé ton nid :
    De chaque mousse
   Où le destin le pousse
Un nouveau souffle le bannit :
Pourtant ta voix chante et bénit !
Hélas ! encore une secousse,
Et de tes vœux le dernier s'enfuira !...
Avant le jour ta lampe s'éteindra.

Enfant vieilli par les douleurs,
    Ame exilée,
   Dans la grande vallée,
Tu vas partout, quêtant des fleurs,
Des chants, des baisers et des pleurs,
Et tu cours à ton mausolée !...
Un vent glacé demain t'endormira :
Avant le jour ta lampe s'éteindra.

EPILOGUE.

C'est ainsi que, pauvre, ignoré,
Veuf d'espérance,
Chantait, dans sa souffrance,
Hégésippe, le cœur navré,
Dont le luth pour nous est sacré.
De son séjour de délivrance,
Il nous entend : son âme sourira !...
Chez nous, toujours, sa lampe brûlera !...

LA PENDULE.

HISTORIETTE.

—

Dans un de ces salons où le luxe étincelle,
Où l'or, à flots épais, sur les tables ruisselle,
Où les fronts cependant se penchent ennuyés,
Braillaient certains bavards tout de noir habillés.
Il va sans dire, hélas ! que leur vaste logique
    S'exerçait sur la politique.
    Or, la bouche de nos parleurs
    Lançait des averses de fleurs !
    — J'entends des fleurs de rhétorique,
    Et non des plus vives couleurs. —
    ... A propos d'averses de pluie,
    La politique a-t-elle un parapluie ?
Je ne sais, mais son ciel est vraiment importun,
Et je l'engage fort à s'en procurer un.... —
Cela dit, reprenons le fil de notre histoire.

Donc, les discours allaient bon train,
Et rêvant les lauriers d'une même victoire,
   Nos rhéteurs se donnaient la main.

Tout-à-coup, un seul point,—le plus grave sans doute,—
Met les triomphateurs en complète déroute.
Alors, ce sont des loups, des tigres furieux,
Qui se montrent la griffe, et les dents, et les yeux.
Leurs regards et leurs cris, jetés par la colère,
Sont tout autant d'éclairs et de coups de tonnerre.
L'un d'entre eux, cependant, au fond, de bonne foi,
— Depuis le désaccord, il s'était tenu coi, —
     Leur dit sans préambule :
      « Voyez cette pendule :
« Hé bien ! mes bons amis, soit folie ou raison,
« Elle est pour moi l'objet d'une comparaison.
« Je contemple son calme au milieu de l'orage,
« Et j'y vois du *progrès* l'incontestable image :
    « Rien ne l'arrête dans son cours ;
     « Il rit de maint échafaudage,
« Et malgré tous nos plans, nos rages, nos discours,
    « Le bonhomme avance toujours ! »

LE FACTEUR.

CHANSONNETTE.

—

AIR : *Dieu lui-même ordonne qu'on aime.*

Soyez bonnes âmes,
 Mesdames,
Et vous, messieurs, pas de courroux,
 Je suis à vous.   (*quater.*)

Vrai, c'est à peine si j'effleure
Le pavé, tant je vais bon train !
Ai-je quelquefois manqué l'heure
Ou rien remis au lendemain ?   (*bis.*)
En ce moment, ma boîte est pleine
De lettres de toutes couleurs ;

Paul, Virginie et Madeleine,
Cessez vos cris, séchez vos pleurs.

Soyez, etc.

Voici, demoiselle Françoise,
Cette lettre qu'il vous fallait :
Elle vient tout droit de Pontoise !.
— Vingt-cinq centimes, s'il vous plaît ? —
Cette autre, monsieur Jean, je gage,
Vient du vieil oncle au coffre-fort,
Mais en attendant l'héritage,
... Veuillez bien me payer le port.

Soyez, etc.

Celle-ci porte pour adresse :
« A monsieur Jules Célestin !... »
— L'enveloppe est, je le confesse,
Aussi douce que du satin. —
... Vous m'avez dit en confidence :
Trop souvent je me vois jeûner !
Or, je vous remets par prudence
Un *poulet* pour votre dîner !

Soyez, etc.

Quant à vous, pauvre Marguerite,
J'ai bien certaine lettre aussi,
Mais, je souffre de la visite,
Qu'il faut, hélas ! vous rendre ici.
Vieille et souffrante, votre mère
Ne donnait qu'un reflet d'espoir...

—Hé bien !... — Marguerite... ma chère,..
La lettre... porte... un cachet noir !...

    Soyez, etc.

Ma distribution s'arrête :
Voici le bouquet pour la fin !
Salut à mon jeune poète !
—Dieu vous a souri ce matin. —
Oui, je reconnais l'écriture...
Les muses vont vous protéger,
Car cette lettre, je l'assure,
Vous vient de notre Béranger !

    Soyez, etc.

—

ACROSTICHE.

Reine pendant un jour, mon trône est la colline :
On me voit, le matin, belle et riche d'attrait...
Souvent, quand vient le soir, timide, je m'incline :
Et le matin suivant, je laisse des regrets.

LA CHANSON DU VENT.

POÉSIE FANTASTIQUE.

—

Voyageur invisible
Sous le ciel noir ou le ciel bleu,
A toute heure, en tout lieu,
J'aime à prendre mon vol ou grondeur ou paisible,
Car je suis le souffle de Dieu.

Au passant que le soleil brûle
Je verse sommeil et fraîcheur,
Et pour le bercer, je module
Des chansons pleines de douceur.
Aux saules pleureurs je murmure
Des phrases que nul ne comprend,
Et je donne à leur chevelure
Des baisers que le ciel me rend.

Voyageur, etc.

Pendant les soirs d'hiver je pleure,
Et pousse de longs cris d'effroi,
En songeant à l'humble demeure
Où la faim lutte avec le froid.
Voyant la misère engourdie,
Et tant d'heureux au cœur de fer,
Alors, je crache l'incendie
Comme un soupirail de l'enfer.

     Voyageur, etc.

J'aime à faire courber la tête
A ces grands arbres orgueilleux
Qui semblent braver la tempête,
Et frôler la robe des cieux.
Mais, combien de fois, en revanche,
Même au plus fort de mes ébats,
J'aime à jouer avec la branche
Ou d'aubépine ou de lilas !

     Voyageur, etc.

Au fond des bois, pendant l'orage,
Je couvre la voix des échos,
Et puis après, sur le rivage,
La mienne accompagne les flots.
Nul pouvoir humain ne m'efface,
Et seul, libre dans l'univers,
Je me ris, traversant l'espace
Des puissants qui donnent des fers !

     Voyageur, etc.

L'ENFANT ET LES OISEAUX.

HISTORIETTE.

Une petite fille,
Folle, alerte et gentille,
Fit rencontre un beau jour, à travers les chemins
D'un régiment d'oiseaux qui dînaient en famille.

— « Oh! dit-elle en battant des mains.... »
Amis, vous pensez bien que ce double tapage
Balaya nos dîneurs comme un souffle d'orage.

— « Bah! réplique la belle enfant,
« Ils reviendront!... Patience et courage
« Avec cela, la ruse aidant,
« Mon projet sera triomphant. »
Et sur ce la jeune étourdie,
Déjà pleine de perfidie,
Se cache derrière un buisson.

2

Des dîneurs, en effet, la troupe respectable
Dans un calme absolu revint se mettre à table
    Pour y becqueter sans façon.

—« Petits oiseaux mignons, je vous tiens, je m'en flatte, »
Dit notre jeune fille en étouffant sa voix...
Et la voici qui prend la pose d'une chatte
Guettant une souris pour la première fois.
Notez bien, cependant, que notre chasseresse
      N'avait pour tout carquois
Qu'une main rose et blanche aux jolis petits doigts ;
    ... Mais le beau sexe a tant d'adresse.

    Or, après avoir épié,
    Le bel oiseleur se hasarde......
    Marche sur la pointe du pied,
  Respire à peine, et puis se met en garde...
    Il observe, étudie et soudain
    Sur nos oiseaux porte la main.
      — Sur nos oiseaux... — Que dis-je?
     Certes, cela m'afflige,
  Mais le fait est que le charmant lutin
N'eut rien, sinon pourtant le sable du chemin.

A nos braves penseurs, cherchez donc des querelles,
    Créez chaque jour des réseaux,
Mais, ne l'oubliez pas, la pensée a des ailes
    Tout aussi bien que les oiseaux.

FLEURS D'ACACIAS.

FANTAISIE.

—

Air *de mes vingt ans.*

Tout est tranquille, et le jour vient de naître ;
Seul, le poète est déjà réveillé,
Et cependant, non loin de ma fenêtre,
Le rossignol a déjà babillé.
Doux et joyeux comme une jeune fille,
L'humble zéphyr fait aussi le lutin :
Fleurs d'acacias que le vent éparpille,
Poétisez mes rêves du matin.

Votre bel arbre, ô mes fleurs bien-aimées,
De ses rameaux pleins d'amour et d'espoir,

Vous laisse fuir, pâles et parfumées,
Comme les flots d'un nouvel encensoir.
Ah! pour éteindre une larme qui brille
En caressant un souvenir lointain,
Fleurs d'acacias que le vent éparpille,
Poétisez mes rêves du matin.

Où vous tombez, qu'elle est douce la terre
Aux pas distraits de tout pauvre rêveur,
Où vous tombez, un souffle de mystère
Enivre l'âme et rafraîchit le cœur;
Où vous tombez l'espérance scintille
Comme un reflet des pages du destin :
Fleurs d'acacias que le vent éparpille,
Poétisez mes rêves du matin.

UN SOU DE TABAC.

SIMPLE HISTOIRE.

—

I.

Nous étions en hiver, et, sans le moindre usage,
Sa Majesté le vent nous cinglait le visage ;
    Le pauvre, souffrant, énervé,
Marchait pieds nus, non loin du brillant équipage
Dont les chevaux fringants allument le pavé.
Victime de la faim, et jouet de la bise,
Une femme priait sur le seuil d'une église,
Et tâchait d'endormir entre ses bras tremblants
Deux pauvres chérubins, infortunés enfants
Que l'amour met au monde et que le sort méprise
    Mais les heureux
    Ont-ils des yeux
Pour voir se tordre la misère ?
    Aussi la pauvre mère,

2.

Bravant égoïsme et dédain,
Belle de honte, implorait-elle en vain.

II.

De son côté, rêvant quelque bonne fortune,
Un autre malheureux, jeté sur un grabat,
Tance son estomac qui toujours l'importune,
...... Mais il est seul, mais il est jeune... et bah !
« A moi, dit-il, ma pipe et ma blague à tabac !
  « Guerre à la nature affamée.
 « La faim s'envole avecque la fumée !!... »

Il s'élance du lit, trébuche et cherche... O ciel !
Pipe et blague; en effet, répondent à l'appel;
  Mais le tabac, c'est autre chose !...
Voilà donc la détresse à son apothéose !!..
  Notre homme va devenir fou
  Devant cet infernal obstacle....
  Soudain, ô bonheur ! ô miracle !..
  Sa main tombant je ne sais où...
  Triomphante, ramasse.... un sou !!..
  Avec amour, il le regarde,
  Pend ses deux jambes à son cou,
  Dégringole de sa mansarde,
Et parmi les passants se trouve tout-à-coup.

III.

Mais voici bien une autre affaire :

L'humble groupe dont j'ai parlé,
Doutant du ciel et de la terre,
S'en revenait tout désolé.

Notre fumeur le trouve sur sa route....
— « Monsieur, lui dit la mère en lui tendant la main,
« Pitié pour mes enfants !... Ils ont froid, ils ont faim !...
« Si vous fuyez, ce soir ils seront morts sans doute !!.. »

. . . . , . .

. . . .

Notre homme a le cœur trop serré
Pour prononcer une parole,
Mais il laisse tomber sa seule et sainte obole,
Et s'enfuit, tout en pleurs, d'un pas accéléré.
— « Les mauvais cœurs !.. dit-il, je les ai pris en grippe. »
Et terminant ces mots, il écrase sa pipe !...

Comme il gesticulait d'une étrange façon,
Les dandys l'accusaient d'un excès de boisson...
— « Ce fils, ajoutaient-ils, ce fils d'un peuple unique,
« Cuve son petit broc de vin démocratique. »

Frêles dandys à l'air vainqueur,
Cet homme était du peuple, en effet, qu'on le raille :
Oh ! vous avez raison, le peuple est bien canaille !...
.... Mais il a belle âme et bon cœur.

L'APPARITION.

SCÈNE FANTASTIQUE.

—

C'était un soir d'hiver. La cloche monotone
    Avait pleuré minuit,
Et le vent appelait, comme une voix qui tonne,
    Les démons de la nuit.
Tremblant, je méditais... mon âme consternée
    Allait je ne sais où...
Quand le feu désertant ma vieille cheminée
    S'éteignit tout-à-coup.

Puis un grand diable noir aux longues ailes roses
    Autour de ma chambre courut...
Me disant : « Pauvre fou, sauve-toi si tu l'oses :
    « Je suis enfant de Belzébut.

« Je suis, ajouta-t-il, le démon de la gloire...
    « Dis-moi, pauvre mortel,

« Faut-il que je te garde un feuillet dans l'histoire,
    « Et t'élève un autel?
« A tes vœux de poète, ici, je dois souscrire,
    « Car j'ai lu dans ton cœur.... »
— Ces mots furent suivis d'un effroyable rire
    Qui me glaça de peur.

Et le grand diable noir aux longues ailes roses
    Autour de ma chambre courut
Me disant : « Pauvre fou, sauve-toi si tu l'oses !...
    « Je suis enfant de Belzébut.

« Alors, poursuivit-il avec des yeux de flamme,
    « Veux-tu m'appartenir?
« Hé bien ! il faut me vendre et ta plume et ton âme
    « Pour un bel avenir... »
Et rajustant les plis de sa robe de soufre,
    Il poursuivit encor :
— « Obscur, veux-tu rouler jusques au fond du gouffre,
    « Ou prendre ton essor? »

Et le grand diable noir aux longues ailes roses
    Autour de ma chambre courut....
Mais je criai soudain : Approche si tu l'oses !!...
    ... Et le fantôme disparut.

L'HARMONIE.

—

AIR : *Eh ! non, non, etc., vous n'êtes plus Lisette.*

Toi qui descends des cieux,
Enivrante harmonie,
Viens bercer le génie,
Trésor des malheureux !

Aux poètes rêveurs
Inspirant des images,
Tu charmes tous les cœurs,
Tu plais à tous les âges.

    Toi, etc.

Au front qui s'assombrit
Tu sais donner des charmes,
Tu caresses l'esprit
Et tu sèches les larmes !

    Toi, etc.

Quand tu prends ton essor,
Heureux les cœurs moroses;
Car de tes ailes d'or
Pour eux tombent des roses!

    Toi, etc.

Tu viens, dans nos ébats,
Folle, vive et légère,
Puis, guidant nos soldats,
On te voit noble et fière!

    Toi, etc.

Quand la nuit à pas lents
Vient rêveuse et voilée,
Tes magiques accents
Réveillent la vallée!

    Toi, etc,

Au doux son de ta voix,
L'âme, dans un beau rêve,
Jusqu'au maître des rois
En souriant, s'élève!...

    Toi, etc.

Tu peux faire accourir
Les célestes phalanges,
Car ta voix, de plaisir
Ferait mourir les anges.

    Toi, etc.

L'ARTISTE OUVRIER.

POÉSIE.

—

Enfant déshérité de la grande famille,
Quoi! tu veux, maudissant ton humble tablier,
Saisir quelque rayon d'un faux soleil qui brille.
Tu t'égares, crois-moi, regagne l'atelier.

Je sais bien que ton cœur est un luth qui résonne;
Je sais bien que ton âme est un foyer brûlant,
Mais ton livre n'a pas un feuillet qui rayonne,
Et malheur à celui qui n'a que du talent!
Le talent, pour monter, malgré lui doit descendre,
Et descendre si bas qu'il s'arrête en chemin....
Oh! pour le bien savoir, interroge la cendre
Des martyrs dont l'espoir rêvait un lendemain.

. . . .

Quand pour grossir la part de ses plus jeunes frères
Le fils de l'artisan fuit le toit paternel,
Chacun faisant pour lui des vœux et des prières,

Jette au fond de son cœur un espoir solennel :
« — Va, lui dit-on, enfant, sois honnête, sois sage,
« L'œil de Dieu veillera sur tes nobles efforts,
« Et la fortune, un jour, te berçant au passage,
« Chez les tiens et chez toi versera ses trésors...

. . . . , . .

— Stupide préjugé qui dut prendre sa source,
Chez les nobles seigneurs du palais de la Bourse !

Etre sage, être honnête !... oh ! c'est sur son chemin,
A tout frère qui souffre abandonner la main
C'est ne point trafiquer sur la douleur des autres,
C'est respecter la loi du Christ et des apôtres !...
Donc, si vous l'ignoriez, sachez-le désormais :
Un apôtre du Christ ne s'enrichit jamais.
Je dirai même ici, purs Crésus qu'on renomme :
On ne s'enrichit guère en restant honnête homme.

Préjugé plus frappant vit encor de nos jours ;
Le talent, nous dit-on, perce et brille toujours !
— Vous en avez menti !... car la littérature
A ses chances de banque aussi bien que l'usure. —
Le poète qui court à la célébrité
S'il veut garder son cœur et sa noble fierté,
Souffrira mille fois dans sa fièvreuse course
Avant de rencontrer l'eau pure de la source.
Près de tout nom qui laisse un reflet après lui,
En vain tu chercheras un généreux appui...
C'est un roi qu'un poète !... On l'a dit, et personne
Ne tremble plus que lui de perdre sa couronne.
Enfant ! sache-le bien : l'avare, l'usurier,

3

Se mettront à jeter de l'or par la fenêtre,
Avant qu'un nom fameux jette un brin de laurier
A l'artiste inconnu... qu'il jalouse peut-être !...

Or, un beau front qui gêne un beau front souverain
Est comme emprisonné dans un cercle d'airain.
Sous la cendre qui dort, il est des étincelles,
Il est des chérubins dont on coupe les ailes ;
Il est des chants du ciel, proscrits à peine éclos...
Il est de belles fleurs dans un obscur enclos.
Mais, fleurs et feux follets, beaux rêves et beaux anges,
Du voile de l'oubli vont enrichir les franges.

. . . .

L'oubli ! pèses-tu bien ce mot vaste et profond ?
Pour l'âme du penseur, c'est un gouffre sans fond.
L'artiste, mon enfant, l'artiste qu'on ignore,
Mais, c'est un pauvre fou qu'un poison lent dévore ;
C'est l'humble voyageur, brûlé par le soleil,
Dont les jours sont fiévreux et les nuits sans sommeil ;
C'est le rameau fané du saule qui frissonne,
C'est l'oiseau qui s'abat au vent qui tourbillonne ;
C'est un flambeau vivant mort dans l'obscurité...
C'est l'aigle qu'on réduit à la captivité !

Parfois, c'est un enfant bercé par un doux rêve,
Tombé du paradis où son âme s'élève ;
Mais, ce rêve, au milieu de ses jours assombris,
Passe comme un fantôme à travers les débris...
Le fantôme s'enfuit... L'artiste se réveille
Pleurant et rappelant son rêve de la veille,
Mais la réalité d'un doigt sec et brutal

Lui montre en ricanant la Morgue ou l'hôpital.
... Choisis : là le grabat ; là, les funèbres dalles
Où souvent à côté du malheur qui s'endort
Le suicide affreux vient traîner ses sandales
A l'heure où le vent chante un cantique de mort.

. . . .

Enfant déshérité de la grande famille,
Quoi ! tu veux, maudissant ton humble tablier,
Saisir quelque rayon d'un faux soleil qui brille,
Tu t'égares, crois-moi, regagne l'atelier.

LES BATONS.

POCHADE.

—

Un gros monsieur flânait un soir
    Sur le trottoir,
Lorgnant chaque femme au passage.
    Il souriait
    Et s'appuyait
Sur un grand bâton de voyage.
Tout-à-coup, ô douleur, notre vieux lionceau
S'en va, comme un paquet, rouler dans le ruisseau.
Qui peut être l'auteur d'une semblable scène?
Serait-ce le hasard, la sottise ou la haine?...
— Sans babiller ici comme des indiscrets,
Relevons le bonhomme et nous verrons après...
Mais le voici debout; et, de sa propre bouche
    Nous apprenons que la canne farouche

Dans ses jambes s'embarrassant,
Seule, avait causé l'accident.
Vous qui voulez quand même un bâton salutaire
Pour soutenir vos pas chancelants et peureux,
Modérez désormais votre ardeur téméraire :
Les bâtons !... mais voyez : peut-on compter sur eux ?
On les prend pour soutiens : ils vous jettent par terre.

SOUFFLE DE PRINTEMPS.

—

Poésie ou air · *Hirondelle gentille.*

Doux zéphyr dont l'haleine
Vient caresser la plaine
   Matin et soir,
Dans ta course rapide
Ton aile est une égide
   Au frais miroir.

Ah ! que la destinée
Est belle et fortunée,
   Petit zéphyr !
Partout, quand tu reposes,
Tu vois naître des roses
   Et le plaisir.

Sous la gaze brillante
Où se cache, naissante,
   La volupté,

Cédant à ton ivresse
Tu folâtres sans cesse
   En liberté !

Exilé sur la terre,
L'enfant de la misère,
   A ton retour,
Oubliant sa souffrance,
Dit avec espérance
   Un chant d'amour.

Quand tu glisses, timide,
Sur le front pâle, humide,
   Ou l'œil en pleurs,
De ton aile légère,
Effeuille avec mystère
   Bouquets de fleurs.

Désertant les prairies
Suaves et fleuries,
   Ne va jamais
Chez les grands de la terre,
Car l'aquilon colère
   Gronde au palais.

Va plutôt sous le chaume :
De son souffle, le baume
   Restera pur...
A toi l'insouciance !
L'amour, l'indépendance !
   Le ciel d'azur !

Bien pauvre est l'opulence,
Bien riche est l'indigence
   De tels trésors !
La grandeur folle et vaine,
Sous ses habits de reine,
   A des remords.

Viens rafraîchir la paille
De celui qui travaille,
   Pauvre martyr !
Quand ton souffle s'élève,
Fais–lui voir dans un rêve
   Bel avenir !

Enfin, dans la chambrette
Qu'habite le poète,
   Viens chaque soir,
Et que ton aile passe
Sur son front où s'efface,
   Souvent l'espoir !

AH! QUE LES GENS D'ESPRIT SONT BÊTES.!

POCHADE EN QUATRE COUPS DE CRAYON

—

Ce que je vais dire aujourd'hui
Pourrait paraître ridicule,
Mais, j'ai des preuves à l'appui,
Et je ne crains pas la férule.
Je vous entends dire souvent :
« Gens d'esprit sont de bonnes têtes!... »
— Je réponds, sans être savant :
« Ah! que les gens d'esprit sont bêtes! »

Voyez-vous ces pauvres auteurs?...
Leur livre comme un soleil brille.
Par Jésus, nouveaux rédempteurs,
Ils rêvent la grande famille.
Travaillez pour le genre humain,
Réformateurs, et vous, poètes,
Vous mourrez de froid et de faim !...
— Ah! que les gens d'esprit sont bêtes!

3.

Voyez encor cet écrivain :
Il a du cœur et du génie.
De la gloire, il attend du pain :
Sans elle il renonce à la vie,
Sa muse, vierge de succès,
— N'ayant ni tambours ni trompettes ! —
Lui-même ordonne son décès...
Ah ! que les gens d'esprit sont bêtes !

Cet autre est, je crois, amoureux...
Mais amoureux à la folie ;
Pour un cœur sec et deux beaux yeux,
Son pauvre luth se crucifie !
Tandis qu'il se meurt pour l'Amour,
L'Amour lui taille des cornettes...
Il est..... trompé plus qu'à son tour...
Ah ! que les gens d'esprit sont bêtes !

LE PORTRAIT DE LA FEMME.

—

Ange qui sait captiver notre cœur,
Par un regard, par un tendre sourire,
Bel avocat, plein de geste et d'ardeur,
Parlant beaucoup, — souvent pour ne rien dire;
Pour la finesse, émule du renard,
Au fond, pourtant, ayant une bonne âme ;
Douce colombe et perroquet bavard...
Voilà, voilà le portrait d'une femme !

LE FEU D'ARTIFICE.

HISTORIETTE.

Alerte ! on va tirer le grand feu d'artifice !
La foule jette au vent ses milliers de bravos,
Et le canon, ce soir, pur enfant du caprice,
Enerve en bondissant les plus lointains échos.
Accélérons : déjà la première fusée
    Vers le ciel a pris son essor...
    Une autre bientôt l'a croisée,
  Puis en voici vingt nouvelles encor !
Mais voyez donc ce champ dont les épis superbes
  En un clin d'œil se transforment en gerbes !
Et ces mille serpents, gracieux et fluets,
  Qui, subissant mille métamorphoses,
Nous offrent en sifflant leurs guirlandes de roses
    Et leurs couronnes de bluets !
    — En vérité c'est admirable,
  Et tel effet ne peut être durable.

. . . .

Rien, plus rien ; c'est fini... cependant le canon
Au peuple émerveillé semble dire que non.
En effet, tout-à-coup, un formidable orage
Naît, s'élève et grandit, en hurlant dans les airs :
Il porte dans ses flancs l'épouvante et la rage,
Et vomit sur nos fronts de longs torrents d'éclairs.
C'est le bouquet !.... Bravo !!.. les masses étouffées,
　　Bouche ouverte et le nez au vent,
　　S'imaginent, pour un moment,
Voir lever le rideau d'un théâtre de fées.

. . . .

Mais le canon se tait, et l'orage s'éteint :
Cette fois, tout est dit ; le fait est bien certain.
　　La foule seule est encore animée ;
　　Elle s'enfuit tranquillement,
Disant : de tout cela, que reste-il vraiment
　　Si ce n'est un peu de fumée ?

　Illusions, mensonges des beaux jours,
Elevant sur le sable un immense édifice,
　Tendres serments, beaux zèles, grands discours,
Tonnerre de la gloire et soleil des amours...
Vous n'êtes rien, hélas ! rien qu'un feu d'artifice !

LE SAULE ET LE PEUPLIER.

APOLOGUE.

—

Un peuplier, vert, jeune et frêle,
Perdu dans l'air comme un clocher,
Semblait vouloir chercher querelle
Au ciel qui n'était point d'humeur à se fâcher,
    « Je gage, »
    — Di tnotre arbre dans un accès
    De rage —
    « Que je gagnerai mon procès !
« Puisque le ciel sourit, pour faire du tapage.
« Cherchons sans plus tarder quelque autre personnage
« Car ma mauvaise humeur a besoin d'un succès... »

    Or, voici que, fier de sa taille,
Notre fluet, du haut de sa grandeur,
    Entonne un refrain de bataille
A son voisin, l'humble saule pleureur...

« Ho'! hé! là-bas... monsieur l'ermite...

« Vous m'agacez les nerfs, brutal,

« Avec votre air sentimental !

« Au vent qui passe, jetez vite

« Votre masque, jeune hypocrite...

« Nous sommes loin d'ailleurs des jours du carnaval. »

. . . .

—Et sans daigner répondre à cette basse injure,

— Le saule secouait sa longue chevelure. —

« Après tout, je comprends, poursuit le peuplier,

« Il existe des torts qu'on ne peut oublier.

« Le souffle du remords, comme un vent de tempête,

« A tous les criminels fait incliner la tête....

« Et, franchement, voisin, vous êtes de ces gens

« Qui ne relèvent point les propos outrageants. »

— Le saule, comme une ombre étrange et recueillie,

— Avait un doux frisson plein de mélancolie.

« Hélas ! dit-il avec l'accent d'un noble cœur,

« Mon âme est le berceau de toutes les souffrances,

« Je porte dans mon sein l'éternelle douleur,

« Car j'ai vu s'envoler toutes mes espérances ;

« Ma vie est une plainte errante à tous les vents,

« Et mon règne n'est point du séjour des vivants;

« L'amour et l'amitié me proclament leur frère,

« Et la poésie est ma sœur....

« Mais la mort seule est là, quand j'appelle ma mère...

« Voilà pourquoi dans la poussière,

« Je traîne jour et nuit mon front lourd et rêveur. »

Dans la foule ou bien solitaire,

Quand vous rencontrerez un de ces fronts pâlis,
    Dont les regards creusant la terre
Semblent analyser de grands faits accomplis,
Enfants au brave cœur, mais à la tête folle,
Ne laissez pas s'enfuir votre rire qui vole
    Comme une flèche au cœur du malheureux,
Mais, passez en silence, et sans lever les yeux...
Jésus baissa le front malgré son auréole,
Et, vous savez, enfants, que le Christ est aux cieux.

———

Nota. — A la lecteure de cette pièce, certain soir, dans une réunion littéraire, quelques arriérés se frottèrent les mains dès le début, en voyant quel rôle jouait le peuplier, mais ces Messieurs changèrent de ton vers la fin. En effet, le peuplier n'arrive ici que comme arbre, et non comme symbole.

LE CONSCRIT FIANCÉ.

IMPROMPTU.

—

Ah! cré coquin, qué polissonn' de chance!
J' n'avons donc pu-z-à r'douter d'êtr' soldat.,.
Et, si j' parlons avec tant d'assurance,
C'est que j' somm's sûr d'êtr' par trop délicat.
J' n'en s'rons pourtant pas moins un militaire,
Puisque j'allons m' marier tout prochain'ment :
J' n' s'rons t-y point-z-exposé-z-à la guerre?
...Seul'ment qu' ça s'ra dans un autr' régiment.

L'ÉCHO NE RÉPOND PAS (1).

—

Air : *Berthe a surpris mon premier cheveu blanc.*
ou : *T'en souviens-tu , etc.*

Lorsque du soir la dernière heure sonne,
Il semblerait que le ciel réfléchit,
Puis, tout se tait, et la feuille frissonne
Sous les baisers d'un vent qui rafraîchit.
Je vais alors sur la haute colline
D'où je m'adresse à l'écho de là-bas...
— Pour écouter, attentif, je m'incline...
Mais, c'est en vain, l'écho ne répond pas.

J'ai, jeune fou, voulu marquer ma trace

(1) Chanson composée en décembre 1847. Les circonstances
mettent dans la nécessité de retrancher deux couplets.

Sur cette sphère où nos jours sont comptés;
Je sais pourtant qu'un coup de vent efface
Les vers qu'un luth peut avoir enfantés.
Echo, dis-moi, ma pauvre mandoline
Survivra-t-elle une heure à mon trépas ?
. . . Pour écouter, attentif, je m'incliné. . .
Mais, c'est en vain, l'écho ne répond pas.

Avec du bronze, ou du marbre, ou du plâtre,
A tout génie on dresse un piédestal !
Combien pourtant que la foule idolâtre
Ont eu pour trône un chevet d'hôpital !
— Oui, mais leur muse, éloquente héroïne,
N'a point donné de baisers de Judas! . . .
Pour écouter, attentif, je m'incline,
Mais, c'est en vain, l'écho ne répond pas.

Fraternité, noble reine qu'on prône,
Sous tes drapeaux rassemble tes sujets,
Reprends ton sceptre et monte sur le trône
Pour accomplir tes immenses projets.
Abrite-nous sous ton manteau d'hermine,
Dans ton creuset que tout soit refondu :
. . . Pour écouter, attentif, je m'incline,
Mais, cette fois, l'écho m'a répondu.

A UNE JEUNE DEMOISELLE.

FRAGMENT.

—

Petite fille de quinze ans
Que l'avenir berce et caresse,
J'aime à voir dans tes yeux brillants
Les rayons d'une pure ivresse;
Garde-toi de flétrir les jours
Qu'ici-bas le bon Dieu te donne :
Petite vierge des amours,
N'effeuille jamais ta couronne.

Quand les plaisirs te souriront,
Te caressant d'une main rose,
Oh ! n'abandonne pas ton front
A leur lèvre impie et morose.
Souvent, la serre des vautours
Succède à main douce et mignonne :

Petite vierge des amours,
N'effeuille jamais ta couronne.

Les vierges ainsi que les fleurs
Sur terre ont mêmes destinées;
On s'enivre de leurs doux pleurs,
Et puis, lorsqu'on les a fanées,
A d'autres, vite ayant recours,
Au hasard on les abandonne!...
Petite vierge des amours,
N'effeuille jamais ta couronne.

LA CHANSON DU PEUPLE.

AIR : *Pomaré, Maria, etc.*

Chanson, prends ta couronne,
Puis, dans tout l'univers,
Reine folâtre et bonne,
Va propager mille refrains divers.

Chez l'indigent, montre-toi bien rieuse,
Tâche de faire oublier quelques pleurs ;
Rends la misère un peu moins douloureuse,
A ses haillons attache quelques fleurs.

Chanson, etc.

Joyeuse encor, mais pleine d'éloquence,
Va fredonner au sein des ateliers ;
Aux travailleurs prêche l'indépendance,
Allége un peu leurs trop lourds tabliers.

Chanson, etc.

Puis, saisissant le casque et la cuirasse,
Va remuer le cœur des citoyens,
Et des héros, en poursuivant ta trace,
Rien qu'en chantant, briseront nos liens.

   Chanson, etc.

Hâte le pas... accours à la goguette :
Instruis le peuple, enseigne-lui ses droits ;
Chante avec art, surtout sans étiquette,
Et les bravos répondront à ta voix,

   Chanson, etc.

Veux-tu vraiment te montrer populaire ?
N'écoute point des conseils vaniteux :
Au carrefour, bon ange tutélaire,
Matin et soir, va faire des heureux.

   Chanson, etc.

Va te glisser sous la sombre fenêtre
Du prisonnier saint apôtre et martyr,
Et sur son front tâche de faire naître
 Un doux rayon de joie et d'avenir !

   Chanson, etc.

Dans les salons où la molle opulence
Sur un sopha s'endort négligemment,
Ne va jamais... car ta sœur, la romance,
Sied beaucoup mieux à leur tempérament.

   Chanson, etc.

Agite encore ton vieux tambour de basque
Et va fouiller dans les replis du cœur;
A l'hypocrite en arrachant son masque
Dis un couplet véridique et moqueur.

Chanson, etc.

Des insensés, flétrissant toutes choses,
Veulent en vain suspendre ton essor;
Reprends, reprends ton écharpe de roses,
A tes enfants, porte des songes d'or.

Chanson, etc.

MINUIT.

RONDEAU.

—

Air *de la petite Margot.*

Il est minuit, prenez votre volée,
Songes charmants, démons mystérieux,
Temples, palais, mansarde ou mausolée,
Tout, dans la nuit, sert d'asile à vos jeux.

Le long des murs, on voit glisser des ombres,
La neige tombe, et le ciel attristé,
Enveloppé de grands nuages sombres,
Semble dormir ainsi que la cité.

Ce vieux Paris si riche d'existence
Quand le soleil lui prête son flambeau,

4

Muet, plongé dans un morne silence,
N'est plus alors qu'un immense tombeau.

Tombeau vivant où parfois, étouffée,
La pauvreté s'abandonne aux vautours,
Où, folâtrant sous des habits de fée,
La mort se dit la reine des amours.

  Il est minuit, etc.

Ivre d'amour, belle de nonchalance,
La volupté rêve sur le velours;
Vierge d'hier, livrée à l'opulence,
A ton réveil que tes yeux seront lourds.

Sur un grabat se meurt ta vieille mère :
L'art, tu le sais, peut la sauver encor...
Mais l'art se vend : tu n'as que ta misère
Et la vertu s'achète avec de l'or ! ...

Tu pleures, folle, abandonne tes charmes,
A ton amant laisse entr'ouvrir le ciel :
Dieu te bénit ! chacune de tes larmes
Est pour ta mère une goutte de miel.

  Il est minuit, etc.

Quelle est là-bas cette lueur mourante
Qui brille seule au dessous des toits blancs ?
Brisant ses fers, une âme triomphante
Aux chants du ciel s'en va mêler ses chants.

Mais, ô douleur ! au chevet de leur père,

Des orphelins sanglottent consternés...
La faim les mord de sa dent de vipère,
Le froid, la peur, les tiennent enchaînés !

Pourtant, non loin de cette triste image,
Le front penché sur un coffre plein d'or,
Un vieux Crésus, à l'œil sec et sauvage,
En souriant compte et recompte encor.

      Il est minuit, etc.

Dans le saint temple on voit errer des anges
Priant au pied des autels avilis,
Et maudissant les ignobles phalanges
Qui sans pitié les ont toujours salis.

Dans une alcôve où le luxe étincelle,
Sa majesté s'endort comme un soleil,
Malgré les soins de sa garde fidèle,
Echappe-t-elle aux tourments du sommeil?

Sur les tombeaux que l'égoïsme encense,
La torche en main, les spectres, les remords,
En ricanant se livrent à la danse,
Et font festin dans le jardin des morts!!

Il est minuit!... Prenez votre volée,
Songes charmants, démons mystérieux,
Temples, palais, mansarde ou mausolée,
Tout, dans la nuit, sert d'asile à vos jeux.

———

LES ESCARGOTS.

APOLOGUE.

—

J'ai toujours plaint les escargots,
— Les blancs surtout, — ces pauvres bêtes,
Cornes au front, et sac au dos,
Ressemblent à ces Juifs, brocanteurs de lorgnettes,
Qui, malgré les trésors de leurs lourdes cassettes,
Viennent vous dire à tout propos
Qu'ils n'ont que la chair et les os.

Oui, certes, je les plains, et je prends leur défense ;
Pauvres escargots blancs ! vous n'avez point de chance.
.... Mais, s'il vous plaît,
Venons au fait.

L'autre jour, dans la matinée,
Tombait une pluie acharnée.
Quand il pleut, d'ordinaire, on s'enterre chez soi ;
Mais chez les escargots on suit une autre loi.

Vraiment il me semble cocasse
Que juste, quand chacun s'abrite en sa maison,
Ces messieurs, seulement, bâillent à l'horizon...
Mais, après tout, grand bien leur fasse !...

Donc, nos héros tranquillement
Humaient le frais de la rosée,
Lorsque leur marche fut croisée
Par un satané régiment
De chasseurs à l'affût des huîtres de Champagne.
Ah ! pour les escargots, quelle affreuse campagne !
Les rouges, cependant, de maigre qualité,
Par tous les amateurs sont laissés de côté...
Mais des blancs la défaite
Est complète.

De filet en filet, de péril en péril,
Las ! ils vont tous aller se tordre sur le gril !

Vous qui rampez sans cesse,
Ici, je le confesse,
Il pleut : cela ne vous vaut rién,
Escargots blancs, cachez-vous bien.

4.

LE POÈTE ET SA TOMBE.

—

A l'heure où la nuit tombe,
Pâle, attristé, souffrant, un poète pleurait...
    Puis il creusait sa tombe
Sans crainte, sans remords, sans haine et sans regret.

Hélas ! fatale destinée ;
L'étrange fossoyeur n'avait que vingt-six ans,
    Mais sa jeunesse était fanée
Sans espoir de retour vers un autre printemps.

Isolé, son cœur était vide,
Pourtant, comme il battait dans sa poitrine en feu !
    Et d'amour pur, son âme avide
Implorait un regard de la Vierge ou de Dieu.

Alors, interrogeant l'espace,
Et ne voyant rien luire à l'horizon lointain,
    De même qu'une lourde masse
Il laissait retomber sa tête sur son sein.

... Puis il creusait... creusait sans cesse...
Lorsqu'un doux bruit de pas, un léger frôlement,
        Tout comme un frisson de caresse,
Captivèrent son âme enivrée un moment.

        .   .   .   .

        Le bruit cessa... puis, une femme
Apparut tout-à-coup à ses regards troublés...
        — « Enfant, je viens sauver ton âme
« Et rendre à ta douleur de beaux jours envolés.

        « Je suis l'Amour, la Poésie,
« Je suis la Charité, l'Espérance et la Foi,
        « Marchons ensemble dans la vie,
« Pour toi seul je vivrai, seul, tu vivras pour moi. »

        .   .   .   .

        Alors, bienheureux, le poète
Repoussant loin de lui la faucille de mort,
        Fait un vœu que l'écho répète,
Et près de son bon ange avec amour s'endort.

                    ———

                  ENVOI.

Si cet ange d'amour délaissait le poète ;
Si sur lui, quelque jour, il cessait de veiller,
Le marbre du tombeau deviendrait pour ma tête
Le plus cruel abri, le plus doux oreiller.

LES SOLDATS DE LA PENSÉE.

—

AIR *des trois marteaux.*

En dépit des vains propos
Que la censure nous lance,
Au doux bruit de nos grelots
Apprivoîsons l'espérance.
   A l'air, gais, insouciants,
     Livrons nos chants!..
Et le hasàrd en fera
     Ce qu'il voudra!...

Loin d'une foule insensée,
Sachons écrire ardemment,
Et, soldats de la pensée,
Ne formons qu'un régiment.
Béranger, notre grand-père,
Nous invite à la moisson :
Vite, arborons pour bannière
Le drapeau de la chanson!

    En dépit, etc.

Nous préférons la guinguette
Au salon de bon aloi,
Car, jamais de l'étiquette
La guinguette n'a fait loi !
Fi des gens de bonne mine
Qui disent dans leurs discours
Que sa taille est un peu fine
Et que ses jupons sont courts!..

  En dépit, etc.

Créons-nous une patrie,
Soyons souverains chez nous;
Surtout, de la bergerie
Avec soin flairons les loups.
Au seuil de notre domaine,
S'ils frappaient, ces cœurs mal nés,
Sans peur, ainsi que sans gêne,
Fermons-leur la porte au nez.

  En dépit, etc.

Assez dit sur tels chapitres :
Mes amis, alignons-nous...
Surtout, sans casser les vitres,
Sachons bien porter nos coups.
Innocentes fusillades
Roulez, refrains et flonflons...
La guerre, mes camarades,
N'est permise qu'en chansons!...

  En dépit, etc.

LES VIEUX JEUNES GENS.

—

AIR *des fous* (Béranger).

La nuit s'avance triste et lente,
La pauvreté pleure en lambeaux ;
Mais, pour une sphère opulente,
L'orgie allume ses flambeaux.
Votre jeunesse est inutile,
Fils du grand monde, abîmez -vous !..
La faulx du temps qui vous mutile,
En s'apaisant, glisse sur nous.

Nos luths et nos robes de bure
Excitent vos propos railleurs ;
Pour nous venger de cette injure
Nous croyons à des jours meilleurs.
Pour vous, le savoir est stérile,
L'intelligence a des verrous ;

La faulx du temps qui vous mutile,
En s'apaisant, glisse sur nous.

Laissez-nous à nos rêveries,
Courez à vos joyeux festins ;
Allez, sur des lèvres flétries,
Cueillir des baisers libertins.
Nos Vénus ne sont point d'argile,
De notre amour les fruits sont doux :
La faulx du temps qui vous mutile,
En s'apaisant, glisse sur nous.

Seul astre qui pour vous rayonne,
Le punch vous prodigue ses feux ;
La volupté met sa couronne
Et vous tend la coupe des dieux.
Mais, dans cette coupe fragile,
Sommeille un poison en courroux.
La faulx du temps qui vous mutile,
En s'apaisant, glisse sur nous.

Eh quoi ! c'est vous, vieillards imberbes,
Qui prétendez à l'avenir !
Vous qui tombez comme les herbes
Que le soleil a fait jaunir ?
La mort, sur votre front débile,
Promène des regards jaloux.
La faulx du temps qui vous mutile,
En s'apaisant, glisse sur nous.

Comme les blés sous les faucilles,
Tombez, nous ne pleurerons pas :
Nos fils, nos femmes et nos filles
Souriront à votre trépas.
Pourrions-nous pleurer un reptile
Qui cherche à nous enlacer tous!
La faulx du temps qui vous mutile,
En s'apaisant, glisse sur nous.

LES SYLPHES DU SOIR.

FRAGMENT.

—

La nuit descend; sous le saule qui tremble,
J'aime à rêver, à rêver à ma sœur;
Elle est absente, et pourtant il me semble
Que de sa voix j'ai saisi la douceur...
C'est que ma sœur dans mon âme a fait naître
De purs rayons qui viennent l'embraser...
En voltigeant, frappez à sa fenêtre,
Sylphes du soir, portez-lui mon baiser.

Baiser de frère et que la bouche donne
Sans obscurcir le front qui le reçoit,
Baiser si pur qu'une sainte madone
L'accueillerait sans trembler pour sa foi.
A son aspect, vous faiblirez peut-être...
Effleurez-la, mais n'allez rien oser...
En voltigeant, frappez à sa fenêtre,
Sylphes du soir, portez-lui mon baiser !

MON PORTRAIT.

IMPROMPTU.

—

A mon ami Gustave Dupain,

au bas de mon portrait dessiné par lui.

C'est moi, bien moi, dis-je sans nul détour,
Petit portrait, lorsque je vous regarde...
Un bon ami vous a donné le jour...
Et l'amitié vous a pris sous sa garde.
Ces soins sont doux : mon cœur en est touché,
Puis, je me dis, feuilletant certain livre :
« Au vaste oubli qui doit un jour me suivre,
   « C'est autant d'arraché ! »

LE TAMBOUR-MAJOR.

POCHADE.

—

Certain tambour-major, colosse des plus rares,
　　Vieux mannequin décoré joliment,
Marchait tout enivré par le bruit des fanfares
　　A la tête du régiment.
Raide comme un piquet, l'illustre personnage,
Philosophe et guerrier, ravi de ses atours,
Semblait dire à chacun : « Saluez mon passage,
« *Car c'est moi que je suis l'empereur* des tambours ! »

　　　Et là-dessus notre homme
　　　Se cambre Dieu sait comme !
Sa tête est du génie un mâle échantillon,
Et son bonnet à poil un petit Panthéon.
— « Papa, dit un enfant, témoin de ces parades

Et qui n'entendait rien au chapitre des grades : —
« Oh! le beau général! comme il est cousu d'or!... »
Et sa main désignait le vieux tambour-major.

    « Mon enfant, ton erreur est grave :
    « Cet homme est nul assurément ;
« Loin d'être général, c'est généralement
      « Le plus stupide et le moins brave
        « De tout le régiment. » —
— « ...Mais alors, pourquoi donc marche-t-il à la tête?»
— « Parce que du troupeau c'est la plus belle bête. »

PAQUITTA.

BOLÉRO.

—

Quand la lampe de Dieu rayonne
Au ciel étincelant d'amour,
A la valse qui tourbillonne,
Chacun se mêle tour-à-tour.
Paquitta, vierge de l'Espagne,
Moissonne bouquets et bravos :
Sa voix, qu'un doux luth accompagne,
Fait tressaillir tous les échos !

    Vivent les chansonnettes
    Et la valse du soir !
    Vivent les castagnettes
    Et la vierge à l'œil noir !
    Le signal de la danse
    A retenti déjà :

Amour, reconnaissance
Et gloire à Paquitta !

Paquitta, la jeune Espagnole,
Est aussi souple qu'un roseau,
C'est un papillon qui s'envole
En gazouillant comme un oiseau.
Beau lutin, quand elle folâtre,
Son costume de ménestrel,
Au sein de la foule idolâtre
Resplendit comme un arc-en-ciel !

  Vivent les, etc.

Combien de cœurs battent pour elle !
Pour elle combien de soupirs !
Paquitta, sans être cruelle,
Fait cependant bien des martyrs.
En lui tressant une couronne,
En vain les amours souriront...
Celle de la sainte madone
Est la plus belle pour son front.

  Vivent les, etc.

JACQUOT.

POCHADE.

Août 1851.

Perroquet d'illustre origine,
Mais pourtant sec et déplumé,
Jacquot, dans sa cage enfermé,
Faisait, hélas ! bien triste mine !
Le moindre flâneur qui passait,
Sans nulle pitié l'agaçait !
— « Coco ! veux-tu que je te gratte ?
« — As-tu déjeuné, mon Jacquot ?
« — Coco ! donnez vite la patte !..
« — Oh ! qu'il est gentil le Coco !!..
« — Jacquot, tu ne dis rien : c'est bon ; vilaine bête...
— « En attendant, tu n'en fais qu'à ta tête.
— « Oh ! le sournois !... le polisson !... »
Et mille autres refrains de la même façon.

— Ce perroquet est bien stupide,
Disaient les uns ; — ou bien timide,
    Disaient les gens
    Plus obligeants....
— Bah ! bah ! disait un autre,
    Il fait le bon apôtre,
Mais n'en vaut pas mieux pour cela.
Ceux-ci le trouvaient digne ; il plaisait à ceux-là.
Enfin, passe un bonhomme au regard téméraire
Qui prétend que Jacquot est extraordinaire !...

    Bravo ! dit un moutard,
    La blague est bien trouvée !...
    Il faut que sans retard
    La chose soit prouvée;
Or, procédons : Jacquot pèche par le maintien,
Puis, malgré son gros bec, il ne dit presque rien ;
D'après quoi, je conclus, sauf preuve du contraire,
Que le susdit n'est pas un Jacquot ordinaire.

LE BUSTE DE MOREAU.

à Ferdinand Taluet.

23 septembre 1851.

—

Salut à toi, jeune artiste dont l'âme
Veille au sein de la nuit comme un sacré flambeau ;
Salut à toi dont les regards de flamme
Ont redonné la vie aux cendres d'un tombeau.

... Il est un livre... un livre plein de charmes :
C'est le MYOSOTIS que nous savons par cœur,
Humble bouquet rafraîchi sous nos larmes,
Et que le vent du ciel caresse avec douceur.
Ce livre-là, si noblement sincère,
Dont chaque feuillet pleure et gronde tour-à-tour,
Fut dicté par la faim, écrit par la misère,
Et cependant, inspiré par l'amour...
Oh ! par ce saint amour que prêchent les apôtres

5.

Et non l'amour de soi... — Dans sa propre douleur,
Moreau savait bercer la souffrance des autres :
En arrachant l'épine, il cueillait une fleur.

Triomphante, orgueilleuse, un jour, toute saisie,
La mort nous révéla ce Christ en poésie,
Et depuis, doux refrain des plus tendres échos,
Son nom grandit sans cesse au milieu des bravos.
Son nom grandit toujours !... mais la littérature
Seule, hélas !... et trop tard — fleurit sa sépulture.
Oui, d'un millier de luths les cordes ont frémi
Sans pouvoir réveiller le poète endormi.
Eh ! quoi, lorsque son livre à chaque mot recèle
De son âme envolée une chaude étincelle...
On n'avait point songé, pauvres esprits distraits,
A ressaisir du moins une ombre de ses traits.

C'est mal, oh ! c'est bien mal !... un tel oubli m'attriste,
C'est une large tache au front de tout artiste !
Oui !... lorsque tant de nains ont eu leur piédestal,
Il n'avait, lui, Moreau, qu'un masque d'hôpital,
Pauvre tête de mort au front plein de tempêtes,
Et qui roulait chez Guy parmi d'ignobles têtes (1).

. . . .

Visage que nos yeux ont rêvé si souvent,
Apparais-nous enfin, apparais-nous vivant !

---

(1) Guy, préparateur de l'Ecole de médecine. — Il a dans
son étalage de phrénologie la tête de Moreau à côté de celles
des suppliciés.

Que ce front porte bien les éclairs du génie !
Sur ces lèvres se glisse un reflet d'ironie :
Ce regard plein d'amour vers le ciel envolé
Est celui du penseur dans la foule isolé.

« Bravo !... c'est lui ! Bravo !! Muse de la sculpture,
« Ta verve a bien compris cette immense figure !
« Ce buste qu'on admire et que nous chérissons,
« C'est celui de Moreau ! nous le reconnaissons.
« Ah ! puisse un vaste accueil le prendre sous ses ailes !
« Qu'il soit, tous les matins, chargé de fleurs nouvelles...
« Puisse-t-il, échappant à la fatalité,
« Passer avec son livre à la postérité !... »

.   .   .   .

Et maintenant, frères, rendons hommage,
Au beau zèle inspiré de l'artiste vainqueur...
Qu'un doux soleil éclaire son courage !
— Ce vœu, nous le faisons du fond de notre cœur,
Car nous l'aimons comme on aime un bon ange
Du génie outragé souffletant le bourreau.
Noble et hardi, n'est-ce point lui qui venge
Le fantôme oublié d'Hégésippe Moreau ?

POLICHINELLE.

MONOLOGUE.

—

Hommage à la Réclame.

FRAGMENT DU THÉATRE GUIGNOL (*Journal Tintamarre*).

Salut à vous, messieurs, je suis Polichinelle :
Du joyeux *Tintamarre*, active sentinelle,
J'ai l'œil bon et le flair des mieux organisés,
Blagueurs industriels, vos filets sont usés.
De par le grand Guignol, je veux, esprit fantasque,
Faire de votre crâne un vieux tambour de basque.
C'est en vain trop souvent que, la batte à la main,
Je vous ai corrigés tout le long du chemin…..
Mais enfin, nous verrons si vous avez, mes drôles,
Un brin de souvenir dans le creux des épaules.
Je suis infatigable en face du devoir,
Et d'atteindre mon but j'ai le plus ferme espoir ;
Puffistes enrrgés, hâbleurs de toute espèce,

En avant la musique ! Et boum ! la grosse caisse !...
Mais soyez prévenus qu'au moindre bacchanal
Je saurai vous traîner devant mon tribunal.
Au théâtre Guignol, votre charlatanisme
Sous les yeux du public apparaîtra sans prisme ;
Or, le bruit des sifflets vous accueillant d'abord
Sera le précurseur de la peine de mort,
Et c'est moi qui, vengeant l'intérêt populaire,
Vous casserai la tête au nez du commissaire.
Oui, des honnêtes gens que vous dupez si bien,
Je veux, Polichinelle, être l'ange gardien !
Quels que soient votre rang, votre âge et votre sexe,
Je serai sans pitié !... voilà ce qui vous vexe.
Mais, comme au fond, je suis un des plus gais lurons,
Rassurez-vous pourtant, messeigneurs, nous rirons !
Après le drame, il faut un léger vaudeville,
Et ma foi, la semaine en offre plus de mille !
Puis, sans qu'il soit besoin d'être même un aiglon,
On peut à maint *Godard* enlever le ballon.
Sur ce, vous comprenez que montant vers la nue,
Notre blague rira !... mais à perte de vue !...

. . . .

Et maintenant, messieurs, le rideau va baisser :
Au spectacle prochain, veuillez bien repasser ;
Nous aurons du tragique et de la faribole :
Polichinelle ici vous donne sa parole.
... Messieurs, en attendant *celui* de vous revoir,
Bonne santé, bon vent, bonne route et bonsoir !

PLUS GENTILLE.

—

AIR *de la Nostalgie.*

Jeté chez vous par un souffle d'orage,
Pour m'égayer, bons amis d'autrefois,
Vous me citez maint séduisant passage
Du livre aimé de nos tendres exploits.
Il est gentil ce livre que décore
Plus d'un portrait que la raison voila...
Mais Marceline est plus gentille encore,
.... Et Marceline n'est pas là.

« — Vois, dites-vous, le soir auprès de l'âtre,
« A tes côtés, nos femmes vont s'asseoir ;
« L'une a pour toi quelque œillade folâtre,
« L'autre un sourire avec un mot d'espoir. »
— Vos femmes sont plus belles que l'aurore,

L'amour charmé sur leur front s'envola !...
Mais Marceline est plus gentille encore,
    Et Marceline n'est pas là !

Faisant la guerre à mes pensers moroses,
Vous me vantez vos bois pleins de chansons,
Vous me vantez vos jardins pleins de roses,
Vous me vantez vos nids dans les buissons !
En vérité, tout cela, je l'adore...
Oui, j'en conviens, c'est charmant tout cela...
Mais, Marceline est plus gentille encore,
    Et Marceline n'est pas là !...

IMPROMPTU

APRÈS UN MOMENT DE COLÈRE.

—

A ......

30 août 1851.

Il est des jours où l'affreuse colère
Me fait bondir, souffrant et harcelé !...
J'ai le cœur bon, et l'âme bien sincère,
Mais le cerveau, je crois, un peu fêlé !
Dès aujourd'hui, tu n'as plus rien à craindre,
Je souffre trop de t'avoir fait souffrir...
Va, l'offensé n'est pas le plus à plaindre :
Que le pardon suive le repentir !

Ange d'amour par la douleur brisée,
Toi, mon enfant, ma maîtresse et ma sœur,
Par trop de pleurs je t'avais baptisée,
Pour t'entraîner au vent de ma fureur.
Si tu pouvais te glisser dans mon âme,
Tu l'entendrais sangloter et gémir :
Mon seul remords est plus dur que ton blâme ;
Que le pardon suive le repentir !

. . . . Ici je t'en supplie,
Oh ! n'éteins pas le feu qui reste en moi ;
Crois à l'amour, crois à la poésie,
Ces deux lauriers que j'arrose pour toi.
Je suis en butte à tous les vents d'orage,
Et sur ton sein j'ai besoin de vieillir :
Pour m'inspirer les élans du courage
Que le pardon suive le repentir !

A L. C. Durand,

ÉDITEUR DES FEMMES DU PEUPLE.

Adressé à Sainte-Pélagie en novembre 1849.

—

Quand minuit tinte à ma vieille pendule ,
De mes tisons, ranimant le dernier ,
Au bruit du vent et des airs qu'il module,
Je songe à toi, malheureux prisonnier.
Ton front pour nous essuya maint orage :
Notre amitié s'en souviendra toujours,
Pauvre captif, espérance et courage,
La Liberté nous promet de beaux jours.

Lorsque l'ennui, debout, comme un fantôme,
Semble ronger les murs de ta prison,
Qu'un souvenir, mystérieux atome,
Pour l'endormir, éveille ta raison.

Qu'un rêve heureux te conduise au rivage
Où Dieu eréa la paix et les amours :
Pauvre captif, espérance et courage,
La Liberté nous promet de beaux jours.

Pour rafraîchir ta brûlante pensée,
Pour raffermir ton espoir incertain,
N'entends-tu pas la bise couroucée
Qui semble dire un chant vague et lointain.
Ce chant, pour toi, peut être un doux message,
Son vieux refrain rendra tes fers moins lourds :
Pauvre captif, espérance et courage !
La Liberté nous promet de beaux jours.

... La Liberté !... ce mot te fait sourire,
Et sur ton front dessine un trait railleur...
Aurais-je tort de penser et d'écrire
Qu'à tout proscrit Dieu garde un sort meilleur ?
Notre avenir aurait-il fait naufrage ?
Non, calme et pur, le progrès suit son cours.
Pauvre captif, espérance et courage...
La Liberté nous promet de beaux jours.

LE POÈTE ET SA COMPAGNE.

—

Air *des bluets*, ou *de la lionne*.

Depuis longtemps, tu répètes sans cesse :
« Quand donc le ciel entendra-t-il mes vœux ?
« Quand aurons-nous quelque peu de richesse ?
« Quand donc, enfin, serons-nous plus heureux ? »
— A tes désirs, ma petite Lucette,
J'aurais déjà souscrit depuis longtemps,
Mais... tu sais bien que le pauvre poète
N'a que son cœur, son amour et ses chants !

Au doux aspect de la feuille naissante
Qui du printemps annonce le retour,
En me pressant d'une main caressante,
Tu dis encore à chaque instant du jour :

« Ah ! si j'avais une riche toilette,
« Chapeaux, velours, dentelles et rubans !... »
— Je le voudrais, mais, hélas ! un poète
N'a que son cœur, son amour et ses chants !

Puis, quand l'hiver ramène la froidure,
A mes côtés, près d'un feu sans vigueur,
Jetant les yeux sur notre humble masure,
Tu dis avec un accent de douleur :
— « Cette mansarde est froide et peu coquette...
« Si nous avions des salons élégants !...
— Je le voudrais !... mais hélas ! un poète
N'a que son cœur, son amour et ses chants !

Oui, je voudrais te comblant de richesses
Ne chagriner aucun de tes désirs,
Te prodiguer largesses sur largesses,
De l'or enfin !... de l'or et des plaisirs !...
Oui, je voudrais, compagne gentillette,
Mettre à tes pieds des dons éblouissants !...
... Je le voudrais ! mais, hélas ! un poète
N'a que son cœur, son amour et ses chants !

VIVE LA MORT !

—

AIR *de la liberté romaine,*
[Ou *de Charles-Quint.*

Pour les martyrs tu n'es point un mystère,
Fille du ciel et de l'éternité ;
Ton glaive, effroi des grandeurs de la terre,
En moissonnant, sème l'égalité.
Un brin de saule est ta seule couronne,
Mais sur ton front brille un reflet de feu !...
Vive la mort ! cette reine qui trône
Assise au pied du tribunal de Dieu.

Vive la mort qui venge la misère
En lui prêtant son aile et son flambeau ;
Vive la mort qui jette sa poussière
Au front menteur d'un fastueux tombeau !
Pour tous la vie, hélas ! est une aumône,
Et trop souvent la nôtre est mise en jeu :

Vive la mort ! cette reine qui trône
Assise au pied du tribunal de Dieu.

Le ciel est noir... minuit gronde et frissonne ;
C'est le signal des splendides festins.
Raillez, au feu du punch qui tourbillonne,
Les longs échos des tonnerres lointains.

. . . .
. . . .

Vive la mort ! cette reine qui trône
Assise au pied du tribunal de Dieu.

Pour qui médite une sainte conquête,
La calomnie a d'outrageants poisons :
Jésus, d'ailleurs, le sublime prophète
Ne fut-il pas jeté dans les prisons ?
Mais c'est en vain qu'un bourreau le couronne...
Vous souvient-il de son céleste vœu ?
Vive la mort ! cette reine qui trône
Assise au pied du tribunal de Dieu.

Nos cœurs sont purs, nos âmes sont placides:
Et nous croyons à des jours triomphants ;
Nous maudissons les armes homicides :
Du Christ enfin, nous sommes les enfants.
Nous encensons le seul roi du seul trône,
Et nous chantons, saluant le ciel bleu :
Vive la mort ! cette reine qui trône
Assise au pied du tribunal de Dieu.

ÉPITRE A MA CHATTE.

Quand ma pauvre plume dévore
Des feuillets blancs que je noircis,
Méchante Grise ! il faut encore
Que vous augmentiez mes soucis.
Vous chiffonnez d'un coup de patte
Mes chants nouveaux de gai savoir :
Pour vous punir, vilaine chatte,
Vous n'aurez pas de mou ce soir.

Pourriez-vous me dire la cause
D'une telle indocilité ?
C'est bien, donnez à votre pose
Des airs de grâce et de fierté.
Ah ! je saurai, petite ingrate,
Vous convaincre, vous émouvoir.
Pour vous punir, vilaine chatte,
Vous n'aurez pas de mou ce soir.

Savez-vous bien, mademoiselle,
Quel péché vous avez commis ?
Vous avez, coquette et cruelle,
Déchiré des rêves amis.
N'espérez plus que je vous flatte :
Courez vite au cabinet noir !...
Pour vous punir, vilaine chatte,
Vous n'aurez pas de mou ce soir.

... Mais vous promettez d'être sage,
Et, votre patte à l'abandon
En s'appuyant sur mon visage,
Semble me demander pardon.
Cette attention délicate
A votre appétit rend l'espoir :
Donc, tout est dit, petite chatte...
Vous aurez votre mou ce soir.

ROSE FANÉE.

—

𝔄 ....

Voici, madame, une petite rose
Qui vient de vous, son éclat est défunt...
Mais dans mon cœur elle est à peine éclose ;
Mon âme aussi recèle son parfum.
Les fleurs, pour nous, ont un si doux langage
Qu'à nos yeux rien ne saurait les ternir :
En vieillissant, leur consolante image
A défaut de parfum révèle un souvenir.

LA PEUR.

—

Quelle est cette grande ombre blanche
Qui sans relâche me poursuit?
Si je m'incline elle se penche,
Et si je cours elle s'enfuit.
Compagne muette et railleuse
Pourquoi troubler ainsi mes sens?
Je suis jeune et je suis peureuse :
Prenez pitié de mes seize ans !

Un noir frisson court en mes veines :
La peur embarrasse mes pas...
J'entends comme un long bruit de chaînes,
Et puis, on murmure tout bas...
Je crois voir se traîner dans l'ombre
Mille fantômes gémissants.
Mon Dieu, rendez la nuit moins sombre :
Ayez pitié de mes seize ans.

Poussant des cris, battant de l'aile,
Oh! quel est ce vilain oiseau?
A ma trace toujours fidèle
Me tendrait-il quelque réseau ?
Je crois voir scintiller des cierges,
J'entends des sanglots et des chants...
Puis passe un cortége de vierges !...
Prenez pitié de mes seize ans.

Mais le jour naît, ma peur s'envole,
Je ris, songeant à mon erreur,
Les plaintes d'une brise folle
Bien souvent causent ma frayeur.
Un souffle, une feuille mouvante,
Me font songer aux revenants...
Mon ombre même m'épouvante
Prenez pitié de mes seize ans !

BON MOT D'UN GAMIN DE PARIS.

ANECDOTE MISE EN VERS.

—

Un jour, sur la place publique
Le peuple travailleur saluait tour-à-tour
La voix du prêtre catholique,
Les hymmes d'espérance et l'appel du tambour.

Or donc, en ce temps-là, mes frères,
Le cœur rempli d'amour et de sainte fierté,
Sans redouter des vents contraires
On plantait tout joyeux l'arbre de liberté.

Et puis, on entonnait la grande Marseillaise
Avec de célestes frissons,
Rêvant, avec une âme énergique et française,
De nobles et grandes moissons...

6.

Mais, laissons de côté ces souvenirs de gloire...
— Laissons-les de côté pour le moment du moins, —
Et veuillez écouter une petite histoire
Que m'apprirent hier de fidèles témoins.

    Tandis que l'on plantait notre arbre,
    Un beau monsieur, froid comme un marbre,
    — Il paraissait fort mécontent, —
Disait moitié caustique et moitié grelottant :
—« Grands rêveurs de moissons, petits mangeurs de paille,
    « Sans aucun doute à votre taille,
    « Vous faites choix d'un bouclier...
    « Oh ! c'est d'ailleurs, vaille que vaille,
    « Assez d'un maigre peuplier
    « Pour gens de blouse et tablier.
« Sublimes conquérants, canaille souveraine,
« Puisque vous êtes forts, plantez-nous donc un chêne ?
« . . . . »
— Non pas, non pas, réplique un gamin de Paris,
Qui flânait et trottait comme une humble souris.
— Un chêne !... voyez-vous le bout de la ficelle ?
Il se peut qu'aujourd'hui votre appétit chancelle,
Mais la faim vous viendra, malgré vos plans détruits,
Et du chêne qu'ici l'on pose en parallèle,
    Les tiens et toi mangeraient tous les fruits.

COURONNE D'ÉPINES.

—

Enfants, vous dont l'âme s'élève
Comme un encens qui monte aux cieux,
L'ambition a, de son glaive,
Touché votre cœur soucieux.
Plus d'un écueil nous environne
Dans la vallée où nous passons :
Celui qui veut une couronne
L'arrache toujours aux buissons.

Chantez ! que votre harpe sainte
Berce et console la douleur.
Mêlez votre miel à l'absinthe
Dans le calice du malheur.
Mais de tout grand nom qui rayonne
Pourquoi rêver les écussons ?
Celui qui veut une couronne
L'arrache toujours aux buissons.

Oui, si vers des sphères nouvelles,
Vos chants doivent guider nos pas,
Luttez, et déployez vos ailes,
Frères, luttez jusqu'au trépas.
Le Christ éternisa son trône :
Salut à ses grandes leçons ;
Celui qui veut une couronne
L'arrache toujours aux buissons.

ENTENDEZ-VOUS LE VENT QUI PLEURE?

SIMPLE HISTOIRE.

—

Air *des rossignols.*

Rêveur, assis auprès de l'âtre
Où se mouraient quelques tisons,
Contemplant leur flamme bleuâtre,
Un vieillard, martyr des saisons,
Disait : « Bientôt va sonner l'heure
« Où chacun gagne son réduit...
« Entendez-vous le vent qui pleure ?
« Oh ! qu'il fera froid cette nuit !

« Partant pour la ville prochaine,
« Ce matin, mes petits enfants
« M'ont dit : grand-père, sois sans peine,

« Ce soir, nous serons triomphants !...
« Nous sèmerons dans ta demeure
« Plus d'une fleur, plus d'un doux fruit...
« Entendez-vous le vent qui pleure ?
« Oh ! qu'il fera froid cette nuit !

« Depuis plus de trente ans, j'habite
« Cette masure où je me plais,
« Mais, il me faut chercher un gîte,
« Car on me chasse sans délais.
« De honte, il faudra que je meure
« Si la détresse me poursuit !...
« Entendez-vous le vent qui pleure ?
« Oh ! qu'il fera froid cette nuit !

« Le notaire de ce village
« Qui m'appauvrit, de par la loi,
« Ce soir, faisant noble étalage,
« Donne un banquet digne d'un roi !
« Mon cœur saigne, et sa lèvre effleure
« La coupe où tout s'évanouit...
« Entendez-vous le vent qui pleure ?
« Oh ! qu'il fera froid cette nuit !

« A la porte du presbytère,
« Confiant, je me suis traîné ;
« Mais le pasteur m'a dit : mon frère,
« Le Tout-Puissant vous a damné !
« Sur l'autel où son fils demeure,

« Jamais votre offrande n'a lui !... »
« Entendez-vous le vent qui pleure ?
« Oh ! qu'il fera froid cette nuit !

« Soldat, j'ai servi la patrie,
« Homme, je fus bon citoyen,
« Mais, victime de l'industrie,
« J'ai semé sans récolter rien.
« Le bon droit qui souvent nous leurre
« Renverse quand on a construit...
« Entendez-vous le vent qui pleure ?
« Oh ! qu'il fera froid cette nuit ! »

L'horloge aux notes argentines
Vint interrompre le vieillard,
Et soudain, des voix enfantines
Murmurent : mon Dieu ! qu'il est tard !
Ses petits-fils, dans sa demeure,
Rentraient disant : le ciel nous fuit...
— Entendez-vous le vent qui pleure ?
Oh ! qu'il fera froid cette nuit !

TABLE DES MATIÈRES.

———

FIN DE LA TABLE.

———

PARIS. — Imp LACOUR et C., rue Soufflot, 16.